叶辛中篇小说选

# 典 藏 版

# 废人柏道斌

叶 辛 著

中国出版集团 东方出版中心

# 废人柏道斌

逼租的时候,那个腰挎刀子的狗腿子气势太凶狠,终于把一个无奈的农民逼得恼火起来,当时农民正在锄地,他忿忿地骂一声:

"我给你这撵山狗租子,我连家中鸡鸭猪儿全给了你!"

撵山狗是枫香塘乡间一句骂人的话,和"狗腿子"一个意思。当面诅咒帮吴光廷收租子的人为狗腿子,枫香塘寨子上不曾有过。那个狗腿子被骂得后退一步,手去操腰上挎的刀,脸红筋胀地斥骂道:"好,你这个烂泥巴脚杆,我要你……"

话音未落,忍无可忍的农民抡起宽板锄头高高举起,一锄头对准狗腿子挖下去,顿时,狗腿子的血从颈子里喷出来,当场倒地死亡。也有传那农民一锄头把狗腿子脑壳挖翻的,那就多少带一点传奇色彩了。

这还了得,大土豪吴光廷点起人马,让他的恶霸大儿子领着二三十个撺山狗蹿到枫香塘寨子,一根长麻绳"小青龙爬背",把那挖翻狗腿子的农民绑了个结实,押到寨边枫香树脚,并且敲锣吆来了枫香塘整整一个寨子三百多口男女老幼。

这个胆敢打死吴光廷大老爷家狗腿子的农民死得很惨,他是被扒光了衣裳,倒吊在枫香树干上,浑身抽打成血肉模糊状也不讨一声饶的。吴光廷的大儿子，走路地皮都会抖动。他三十多岁的人，一口气讨了四个婆娘，还嫌不够，见到哪家姑娘漂亮，他的一双眼睛就会炭火样亮起来。就是这个家伙，喝令从铁匠铺子找来尖钩，一钩子逮住了那农民的肛门，随后又拿长绳拴住钩子，把那农民吊上树去。

这边几个狗腿子一齐用力，奄奄一息的农民没被吊起来，可肛门连着肠子和五脏六腑，一齐被扯拉出体外。

围观的寨邻乡亲们发出声声惨叫，胆小的姑娘娃崽失声哭了起来，有个怀孕的妇女当场昏了过去。即使青壮汉子，也垂下眼睑，看不下去。

吴光廷的儿子却得意洋洋哈哈大笑，还指着那农民的尸首，威胁了几句，随后扬长而去。

这一兽行在枫香塘寨子流传得十分久远,直至 20 世纪六七十年代后我去那里插队,人们还把它当作传奇讲给我听。

传奇的结果就是枫香塘柏道斌家祖父的崛起。

柏家祖父亲眼目睹吴光廷大土豪的兽行,暗中联络洒金溪两岸的十八个大小村寨近万农民,抗租抗捐,连续杀了好几拨吴光廷家派来逼租逼债的攒山狗。

吴光廷岂是等闲之辈,当即封钱送礼去县城搬兵,哪晓得搬来三四十名兵丁,前呼后拥顺洒金溪而下来报仇雪恨,却不料被十八个寨子组织起来的民团杀了个丢盔弃甲,狼狈而逃。吴光廷去州府奔省城搬重兵,县上的官员不赞成。虽说在县城里头坐,但对吴光廷在乡间作威作福、横行霸道的事多少有些风闻。他劝吴光廷适可而止。

柏道斌家祖父的英明在这时候再次显示出来，他据此信息，就以自发组织的民团为基础，进行了有意识地渗透。柏家共有六兄弟，他暗嘱六兄弟分头掌管民团武装，以小恩小惠笼络远亲近邻，时机成熟，一举杀进吴家堡子。洒金溪两岸十八个村寨近万民众，一齐吼叫着冲进吴家堡子。吴家堡子哪里抵抗得住！除吴光廷携带一部分细软和幺儿子、小老婆坐上马车逃往省城之外，其他几个儿子和撵山狗，悉数被民团武装杀尽。

县官老爷审时度势，及时下令，委柏道斌的祖父组建团练，安定洒金溪上下十八寨乡民，以防止事态扩大。

柏道斌的祖父开仓放粮，将夺得的金银

细软，分赏民团中大小头领。凡吴光廷家巧取豪夺的田地，一概归还原主。一些随他闹事的贫寒乡民，也分得一些钱财和薄土。而吴家堡子的千亩良田沃土，悉数归柏家兄弟所有。

枫香塘柏家据此富甲一方，名声大振。

所有这一些陈谷子烂芝麻般的往事，都是我在枫香塘寨子陆陆续续听来的。讲故事的农民带着赞赏的语气，为地方上有如此一位显赫的人物自豪，我却始终不曾在枫香塘见过柏家的子孙。问农民，农民们道，他们哪会住在这里，柏家早就搬进了吴家堡子。亏你还是个知青，算个读书人，连这点都不懂。我说不懂啥，农民们说：中国这千百年来，回回农民闹事的结果，就是打倒了皇帝做皇帝。

柏家赶跑了吴家，当然该到吴家堡子坐龙椅。

我不以为然地一笑。

到了我们插队落户的六七十年代，吴家堡子早已成为山乡里一个热热闹闹的小镇。不仅洒金溪十八个村寨的农民，就是洒金坡往上那一片的村寨，也都来吴家堡子赶场。

经常去街子赶场，找公社干部，到知青办聊天，有意无意问及柏家子孙，不是被人瞪一眼，就是让人喝斥两声，有一回还遭来两个人的连声追问：你打听柏家干啥？小心你的阶级立场！柏家的反动军官早逃到了台湾，留在这里的柏家儿孙，早被我们斗倒斗臭，赶到乡下去劳动改造了。

那种神态语气，吓得我不敢再问。但心头仍存疑问：乡下？这枫香塘洒金溪已属于偏远蛮荒的乡下了，离开吴家堡子几里地，离开县城州府几十几百里。至于去一趟省城，更不容易，重重叠叠的山岭都望不到边边。难道还有更加闭塞的乡下？

认识柏道斌，后来和他成为朋友，纯属偶然。

那已是我插队好几年后的事了。这年的秋末冬初，枫香塘寨上没什么农事了，我被喊到吴家堡子，协助县知青办下来的干部整理填写知识青年情况表。哦，不看不晓得，一看吓一跳。全县862个省城、地区以及上海知青，短短几年中，游泳淹死的竟有九个，犯罪判刑的有五个，发疯犯傻的有四个。还有劳动中不幸摔死的，嫁给当地农民的，办回到省城、沿海近郊的，嫁给工矿职工、部队干部，花样很多。当然还有十分可观的数字显示：被评为省、地、县三级的优秀知青,成为民办教师、赤脚医生的知青,抽调去工矿、参军、上大学的知青,在本地当上基层生产队长、会计、大队副书记、公社委员的知青。整理一叠叠情况表,把眼睛都看花了。

那天午后,我翻材料翻得瞌睡来,知青办的老罗让我马上赶到洒金寨去,说赌王"小四眼"吞下一把安眠药自杀,死活不知。洒金寨报来消息,让赶快设法抢救。老罗让我搭拖沙的车子先赶去,把"小四眼"背出来,他去找医生,随后沿公路赶来,在哪里遇上就在哪里抢救。麻烦的是吴家堡子的医生全到水库工地去了,只怕一时找不到。

"小四眼"我认识,他长得矮小精瘦,戴一副黑边眼镜,平时巧牙俐齿,能言善辩,牛皮吹得"野豁豁",不过心眼不坏。他是出名的

"赌王",和当地的赌徒钻进山洞赌起来,少则几十上百元,多则几百上千元,而且十次有九次准赢,故而赢来了一个"赌王"的称号。

我搭上拖沙的翻斗车时,心里直在猜,这小子干什么要吞一大把安眠药呢?一边给翻斗车司机递烟,一边我就把搭车的原因告诉他。自己不抽烟,又要给人递烟,这种明显献殷勤卖乖的角色,我扮起来总是觉得尴尬。幸好司机听说我是为救人而赶路,脸色不算太难看。车到挨近"赌王"插队的洒金寨公路边,我跳下来直扑寨子。

从公路边到洒金寨,还有八里地山路。待我气喘吁吁赶到,洒金寨的赤脚医生已在沙塘树脚等着。他说"赌王"正在昏睡,他用听筒听过多次,这龟儿子的心脏仍在跳动,似乎还算正常。他也搭过脉,估计"小四眼"死不了。关键是得赶快背出去抢救，灌肠洗胃什么的，要有一套设备。我哪里有心思听他讲这些，找到"小四眼"住的泥墙茅屋，背起他就走。赤脚医生又解释，山寨上的人都怕背，哪个也不愿背他。他身为赤脚医生，情急无奈，只得托人到吴家堡子报告。说话间我发现赤脚医生是个瘸子，心中的怨气去了一半，又联想到乡间有不让死人进家进院坝进寨子的风俗，故也顾不上生气，背上"小四眼"就往寨子外头走。

性急慌忙赶路，没留神天气变了。阴云压着山头，风大起来，眼看雨就要落下来。从公路边到洒金寨，走的是一路下坡。背着"小四眼"往公路上去，则是上坡。走出寨子一二里地，我就觉得精瘦矮小的"赌王"重得像座山压在背上。我正怕他这当儿死过去了，听

11

说人死以后会越背越重。用手探探，"小四眼"的鼻孔里仍在出气，我稍稍放心一些。

雨落下来了，是山乡里的小雨，随风飘洒着。我晓得这种雨的德性，淋上一阵，似乎没啥关系，可走了二三里路，这种雨能把你的衣裳全淋湿浸透。我放快了脚步，急急地赶路。越赶越使不上劲，毛雨飘落，上坡的山路就好像抹了油，一步一打滑。这真是要了命，我埋着头双眼盯着山路上一切可以落脚踩稳的地方，山石、草窝、砂砾地，谨防摔跤滑倒。谁知只顾留神脚下，却把路走错了。待一阵风刮过来，雨点下得大了时，我抬起头来，妈呀，眼前的景物面目皆非，我拐上一条岔路，不知公路在哪方了。

"赶不得路了，到洞子里来歇口气，喝口水吧！"

正在我茫然不知所措时，一个浑厚粗重的嗓门在对我打招呼。

我眨眨眼四顾，前头高高的一坨山岩边，站着一个瘦高瘦高，戴一副眼镜的汉子，乍一眼望去，年龄约比我大几岁。

他和善地向我招手。我背着"小四眼"走过去。

"是病人吗？更淋不得雨啊！"他一边询问一边领我的路。

我随着他深一脚浅一脚走进山洞，顺从他的招呼把"小四眼"放倒在铺上，在一张小板凳上坐稳，喘匀了气，喝一口他递上来的茶水，抬起头来打量洞子。

这山洞高敞宽大，挨着洞壁搭起好几张铺。洞壁上突出的岩石，全都利用上了。有的搁着瓶子，有的放着脸盆，洞中间还拉着细绳,上面晾着衣裳、毛巾,零零乱乱的。我起先猜他可能是地质勘探队中的一员,再一细瞅,这洞子与其说像地质队临时搭的点,不如说更像一个"家"。因为随着我适应洞内深处的光线,我看到里头有人工砌的灶台,还有水缸,隐隐约约的,我看到灶台边有一位腰板挺直的老夫人,一个和戴眼镜汉子年龄相仿的女子,还有没到读书年龄的娃娃,活脱是一家子人。

　　我心存疑惑了,这一户人家为啥不住在村寨上,而要孤零零地住在这山洞里呢?看他戴一副眼镜,像是省城下放来的,那也有安置费,和我们知青一样,至少可以住泥墙茅屋的啊。我开始感谢他的招呼,并陈述"小四眼"的情况。他听后连声喊"造孽",遂而又安慰我,说我是瞎猫撞着死老鼠,并没走错路,

14

绕过这个山洞，翻过前头那个垭口，就是公路。也许比我起先走的那条路还近些。

在山乡待久了，我晓得"绕"、"前头"这些概念都是十分模糊的，说说仅一两个字，真正理解起来，一二百个字的话都说不清楚。我盯着他的双眼（他镜片后头的一双眼睛往外鼓凸，显出一副滑稽相，更令我觉得憨厚）央求道："救人要紧，你能否给我指点一下路？"

"要得。"他刚答应一声，山洞里灶台边闪出那位和他年龄相仿的女人，手里提着蓑衣、斗笠，女人道：

"躲不得雨了！救人如救火。"语气干干脆脆。

"那就走罢！"他点头道。

蓑衣给了我，披在我和半昏半睡的"小四眼"身上。他戴上斗笠，走出山洞，在前头领路。

雨下大了，雨点在他戴的斗笠上奏出杂乱急促的小鼓点。我背着赌王"小四眼"，埋着头使力气，仅凭那"小鼓点"循声跟在后头。攀一截上坡路，翻过垭口，果然半里地外就是砂砾公路。

知青办的老罗站在公路边迎候，他身旁不但站着一位穿白大褂的医生，还停着一辆类似邮政车那样带车厢的改装卡车。我悬着的一颗心落下了，赌王"小四眼"有救了。

手忙脚乱地上车坐定。医生趴下身子倾听"小四眼"的心脏和脉搏。车子发动了，我朝车厢外带路的汉子挥一挥手，道一声谢。他仅点点头，转身往山路上走去。车在行，朦朦胧胧的雨雾一忽儿吞噬了他瘦瘦高高的背影。及至这时，我才想起，他姓啥我都忘了问。

知青办老罗见医生一边收听诊器一边肯定地朝他点头,示意"小四眼"不会有生命危险,这才吁一口气,转过脸来劈头就责备我:"你怎么找柏道斌给带路? 他一家子都是反革命你晓得不?"

我瞠目结舌,一句话都答不出来。怪不得他一家人都在山洞里栖身。在枫香塘洒金溪乡间,成分高的人家被吆赶出寨子去住山洞的,我们初下乡时有所闻,没想到他家至今还不被允许搬回吴家堡子住哩。

"赌王小四眼"经及时抢救,捡回了一条命。重新活过来之后,他对吞吃那一把安眠药懊悔不迭。大约听说了是我把他背出来的,他特意到枫香塘寨子来谢我,拉我去吴家堡子赶场吃脆哨面、吃凉粉。他说他又翻本了，赢回一大把钱。想起那天为救他出的力，我随他上街子吃了面条又要馄饨，然后告诉他，那天为救他，还有一个人也出过力，问他敢不敢去看看那个人。"小四眼"赌场的脾气又犯了，他一挥袖子道："有啥不敢的，老子什么都可拿来赌，什么人都敢去道谢，走啊！"

于是我们离开喧声鼎沸的吴家堡子，直接去往洒金寨方向。

柏道斌见到我俩，喜不自胜，连喊："朋友朋友，我们这叫患难之交。"并且喝叫自己婆娘，就是那个雨天拿蓑衣斗笠给我们的妇人，赶紧倒茶来。

妇人递上的茶是苦涩的，喝一口我就晓得，这是苦丁茶，吴家堡子街上，一角钱可以买一斤，在乡间烂贱得没人要。"赌王小四眼"喝过茶放声叫:"好茶好茶,哥子,你一家人怎么落难到这个地步?"

我不知道"小四眼"是装糊涂还是不晓得柏家在这一片乡土上的历史,直拿眼瞪他,"小四眼"却一本正经盯着柏道斌。

柏道斌很坦然地一笑,嗓音仍是那么浑厚粗重,丝毫无掩饰羞惭之意:"上辈人造下的孽,硬要我们这辈人来偿还,有啥法子?要说造孽的,是我那几个叔叔、我父亲和祖父,你们尽可以去问问这方土地上的寨邻乡亲,他们是开明绅士,不是土豪劣绅。"

我和"赌王小四眼"面面相觑。"小四眼"尤其感兴趣。他经常和一些小偷、流氓、坏分子赌博,那种正统观念愈加淡薄。我呢,"开明绅士"这个字眼,还是在毛主席著作中读到的,讲陕北李鼎铭,伟大领袖用的是这个字眼。

"有劲有劲，哥子，你再讲点，再讲点。""小四眼"一个劲地怂恿柏道斌。

"批来批去，批的是我叔叔的事。和我相干哪？"柏道斌苦笑一下，"我叔叔柏文焕在南京蒋介石政府里当警察总监。冬天，他给警察们每人缝制一套呢制服，那种海军蓝的呢料子，他从每个警察头上卡下一寸，足足贪污了二十卡车呢料子，浩浩荡荡运回老家。洒金溪上下十八个村寨，哪家当初不说他有本事？哪家不羡慕他？他满以为自己敢作敢为，不料给人家在蒋介石面前奏了一本，告了状。蒋介石一怒之下，把他的警察总监给撤了，一家伙贬到省城里来当保安司令。"

柏道斌笑呵呵地说得轻描淡写，不料"赌王小四眼"却听得眉飞色舞，他翘起大拇指：

"哥子，你叔叔了不得！他的官儿当得不

小吧？"

关于这位柏文焕，我在枫香塘寨子上也听老百姓摆过龙门阵，吹得他天花乱坠。在一些剿匪故事中，他的名字前头总是被冠以"大土匪"或者"反动匪首"一类字眼。说的是以他为首组织过全省的土匪武装。而在当地老百姓嘴里，从未叫过他"匪"，只用一种神秘难测的语气告诉我们，他是将军，蒋介石封的中将。也有人说是上将。

柏道斌喝一口苦丁茶，眯起眼睛，摆一摆手，对"小四眼"道："他算什么了不得，不过是个中将罢了，我二叔是真正带兵打过仗的上将，比他有本事，他的本事只晓得贪污呢料子。"

"你二叔叫什么名字？""赌王"快言快语地问。

"柏文渊。"

这名字我也在歼匪记一类书中读到过，好像他是个什么兵团司令。反正临近解放，我们的解放大军一路横扫过来时，柏文渊、柏文焕之流全逃到台湾去了。留下柏道斌这些比较亲近的家属，活该挨整当"运动员"住山洞。

想到这里，我不由得问："这几十年，你的日子不好过吧？"

"'文化大革命'以前过得还可以。吴家堡子有我家一幢房子，县城、州府省城有个落脚之处，亲戚朋友多嘛！我的初中是在县城读的，高中是在州府念的。大学是读到省城去了，读的是栖水农学院。我这种家庭出身，能读农学院也不错了，毕业了总能混个事干干，好坏混个干部呗！哪晓得最普通的干部

22

都混不上。'文革'那一年快毕业分配，就让我随'四清'工作队下乡。'四清'没搞完，'文化大革命'就轰地一下闹起来了，原先是我们清那些乡下干部，这会儿变作乡下人造反啦！我们撤回农学院，造反的造反，当逍遥派的当逍遥派。再后来就把我家历史抖出来了，一家子都揪了出来，批斗，坐喷气式，剃阴阳头，我都遭过了！这不是？把我家赶出吴家堡子，攀进山洞住。说不准我们去寨上住，怕我们一家人放毒，腐蚀贫下中农。撞鬼啰！从吴家堡子住进山洞时，就我和妈两个人，这些年，你看看，婆娘我娶了，一口气还生了三个娃娃，有男有女。嗨，柏家人添口添丁，还不该绝哩！"

自从和柏道斌打交道后，我就有感觉，这个人率直。以后逐渐相熟成了好朋友，更加认定他是爽朗坦然之人,和朋友坐下来,他无话不谈。

"赌王小四眼"插队多年也交不上一个女朋友,听到这里,忍不住打听:"你这婆娘,是怎么刷到手的?"

当地土话,小伙子恋爱找姑娘,称为"刷马子"。

柏道斌一笑,不以为然地说:"是她家找上门来的。或者说,找进这山洞的。"

我环顾洞子里外,柏道斌的母亲不在,他的婆娘也在我们说话间趃出山洞去了。

"小四眼"不信:"有这等好事?"

"啥好事?凑合呗。"柏道斌不想纠缠这个话题,他皱了皱眉头,"乡间寨子上的姑娘,朴实,她在耕读小学教书。这些年,我这个家,全亏了她,不过,你们都看见了,她比不得你们上海姑娘那么风流，那么俏。明人不说暗话，我母亲，对她还时常看着不顺眼呢！"

我不由对他的婆娘有点抱屈，虽说相貌平平，看去很一般，但她嫁到这户又穷又无好名声的家庭里来做牛做马，还讨不到一声好。她是何苦呢？我纳闷地问一声：

"她随你住这山洞？"

"哦不，她娘家在这边寨子上，时常带着娃娃到寨子上住。寨邻乡亲对我们还是可以的。除却几个横眉竖眼的干部。反正，再苦，日子总要打发着走。"

"咋个打发呢？就靠你婆娘教书挣工分养活一家老少五口人？"我仍不解。

柏道斌又苦笑，声音照样浑厚粗重："在县农业局，我还有份工资。一个月四十几块，拿来帮补家用，够了。有我婆娘里里外外理

25

抹，我的三个娃娃，穿得比寨上的孩子，还干净整洁一点。只是，县农业局宁愿每月白给我开工资，也不要我去上班。反正，农学院学到的那些知识，差不多都还给老师了！"

"我搞不懂了！""赌王小四眼"抽了一阵子烟，忽又冒出一句，"你家几个叔叔，在解放前夕都跑了。惟独你父亲，为啥不逃去台湾呢？"

"我说他是开明绅士嘛！""小四眼"百思不得其解的问题，柏道斌答复得轻而易举，"要细说，就得讲到我祖父。我祖父一辈六兄弟，霸着洒金溪两岸几千亩良田沃土，光我祖父，就生下四兄弟，他有些眼光，懂得人要做成一番事业，要保住家业，必须得到外头的世界去闯荡，在政界、军界混出点名堂来。故而，祖父身旁只留下老大继承家业，另外三个儿子，都赶他们到外头的世界去闯。我那三个叔叔一闯就闯进了黄埔军校，而我父亲就留在这块故土上，守着祖父传下的家业。四九年国民党打败时，我的两个叔叔领着败兵，回过一趟吴家堡子，他们接到命令，要把州府、县城繁华的市区烧毁，要把吴家堡子变成一片废墟，然后劝我父亲一大家人随他们跑。我父亲以大哥的身份，劝他们不能焚烧州府、县城和吴家堡子，他说国共两党交战，你打败的一方不该把气出在老百姓头上。你们要去赶紧去，不要在故乡的土地上杀人放火，不要让故土的父老乡亲们伤心，不要讨得一个遗臭万年的名声。我两个叔叔说这是命令，违抗不得，我父亲道，将在外君命有所不受。我两个叔叔又说大哥你不要糊涂，共产党解放军来了要分田分土没你的好日子过，你还要受我们牵连遭受难以想象的奇耻大辱，甚至可能被杀头。我父亲说人各有志，我自小守着这片祖业，要死要活我都得在这块土地上待下去。我两个叔叔执意要放火烧毁吴家堡子，我父亲翻了脸，说你们要烧我就待在这里，让你们先把我烧死。我两个叔叔这才无奈，匆匆跑了。离家溃逃前，我二叔因自己生了三个女儿，没有儿子，把我的大哥带走了。二叔对我父亲说，我一定将他当自己的亲儿子，培养成才，出人头地，万一你在大陆落难，想着海外的这一棵根苗，也是一个安慰。"

柏道斌的声音在山洞里回响，"赌王小四眼"听呆了。我听着听着，从柏道斌所说的家庭的演变中，仿佛听到的是历史的回声。

和柏道斌再次相逢，是在省青年联合会召集的会议上。那是第一次参加省青联的活动，我和一位生物学家、一位数学家、一位版画家，还有一位不愿去香港定居而执意住在省城的爱国人士，一齐被补进省青联的常委会。

　　我去会议报到时，会议已开过半天。与会的各族各界青年刚吃完饭，从餐厅走出来，我在报到的桌子上领了餐券，急急忙忙在工作人员陪同下，赶进餐厅去吃饭。一个浑厚粗重的嗓门惊喜地叫着我的名字，引得很多人把目光转过来。那两年我出的书一本接一本，省报上以整版篇幅，介绍过我在乡间潜心创作的情况，不少年轻人读过我的书。我正不知所措地仰脸四顾时，柏道斌大步朝我走过来，伸出他的一只手。

他几乎和当年栖居在山洞里时没啥变化，仍然清瘦，衣着也很朴实，就是精神状态大不相同，脸颊上泛着红光，一双微显鼓凸的眼睛在镜片后都是亮闪闪的。

"快去吃饭，吃完饭我们聊。"他握住我的手使劲摇晃着，"我和你住一个屋。"

我朝餐厅去时，工作人员说，他就是主动放弃香港富裕优越的生活条件而甘愿定居在省城的青年爱国人士柏道斌。

我不由得"哦"了一声，颇感意外。

餐后，我急急忙忙赶到315客房去，柏道斌正抽着香烟等我，一见面他就丢烟过来，我拾起烟看了看，是洋烟，又丢还给他，说我仍然不会抽烟。他说这是好烟，我说我明白，看他手中的烟壳子就明白。我还留神到他手上戴了一只硕大的戒指，一块表，那表壳的颜色和戒指的颜色一样。还有他点火的打火机，也是黄澄澄的。这几样小玩意儿全是纯金的。他说他读了我的小说，注意到我的成功，他由衷地高兴。他又强调，我们是老朋友，是患难之交。这回一起补进省青联常委会，也算是有缘分了，以后该常来常往。他请我有便，一定去吴家堡子看看，他家那幢私房，已经还给他了。只不过里头毁得一塌糊涂，得重新装修才能住人了。

我不由得想起他栖身的山洞。我说是真的吗？你放弃在香港定居而甘愿待在山乡。

他说事情全是搅出来的，人家要这么说，他一点办法也没有。

歪在床上午休，我们东一句西一句扯着。他告诉我，大约是"文革"末期，七四、七五年了，农业局终于通知他去县城上班，还在县城分给他一间房子,他的母亲自然也一齐进了县城,再后来他的妻子儿女全调进了县城的城关小学。但是在县城,他也没干一件正事,七四年是批林批孔,七五年评法批儒,七六年反击右倾翻案风,打倒"四人帮",除了学习就是自我批判,批判自己跟不上形势,该迎头赶上,努力学习。春耕、秋收大忙季节,县农业局所有干部下农村去催种促收,他当然也不例外,随大流一起去。实事求是地讲,这样的日子比起栖居山洞的岁月,那是好混得多了。只不过静下心来,他不得不感叹青春易逝,生不逢时,该雄心壮志干一番事业的时间,全耗费了。

拨乱反正时期,国家重新对外开放。他很快和海外的亲属联系上了。他的嫡亲大哥,就是二叔兵败溃逃时带出去的那个,如今已是美国一家大轮船公司的总经理，他先把柏道斌在省体委当女篮球教练的姐姐办到了香港，给她一笔钱，让她开了一家野味餐馆。然后他又把柏道斌办到香港，给了他一百万港币，注册了一家公司，让他经商做生意。一年下来，姐姐的野味餐馆打开了局面，取得了信誉，把当中学教师的姐夫，两个子女全接到香港，过起了安居乐业的日子。而他，一百万港币的本钱，做一年多生意下来，亏了五十万。他的大哥虽不在香港住，但是信息灵通，对他道：你不适宜在香港社会立足，更别提在此大展鸿图了，你还是回大陆和家人团聚，过舒舒服服的小日子去吧。大哥想到他和老母一齐住，给他凑足价值人民币一百万的钱，说国内物价稳定，利息不低，一家人就凭此一百万的利息，是可以过得不差的。

柏道斌说，我们是老朋友，患难之交，我给你道实情，这就是我回家乡定居的真正原因，和他们宣传的风马牛不相及。说到最后，他有点伤心，道："唉，其他我都想得通。惟独大哥说我是废人一个，我无论如何也想不通。"

"什么?"亲哥哥说正当年富力强的弟弟是"废人"，这未免有点侮辱人了。

"大哥没有羞辱我的意思，他是有感而发。"柏道斌是敏感的，他举起打火机，指指手腕上沉甸甸的表，解释般说，"这都是大哥送我的。我也不承认，我是个废人，可一年多时间，我经商做的几笔生意，每笔都亏。这是事实。香港那商场风云，我怎么都谙不透。"

联想到他那快言快语直心直肠子的性格，我心头忖度，他也确实不是经商的那块料。

说话间，有人叩门，柏道斌高声喊："请进！门没锁。"

门被推开了，我和柏道斌不约而同从床上跳起来，性急慌忙地扯平拉直床单。

门口站着一位端雅美丽的女士，年龄在我和柏道斌岁数中间，她笑吟吟地问："不打搅你们吗？"

"哦不，"我连忙说："你请坐！"

这位女士很引人注目，说她美丽仿佛还不够。就说她那双眼睛吧，灼灼放光，大而有神，美得逼人，却又不是一览无余，定眼瞅瞅，总觉得这双眼睛像在做梦。

柏道斌报出我的名字，刚入座的女士脸一红又站起来，向我伸出一只手："常听道斌说起你，你们是患难之交。"

我握一握她的手,她的巴掌柔中有力,我在猜测她的职业。

"尹天真。医生。"柏道斌介绍她。

"在哪所医院?"我又问。

女士微微一笑:"我是厂医。"

我点头。看得出他们是熟人,我便说还要去看看几位文学界的朋友,走出客房。

我和柏道斌的关系就此从青年联合会传到社会上。在省城,我们多少有一点名气。我是因为写了几部书,他呢则是因为柏家这一曾经显赫的家族。这以后开会,负责会务的同志总是把我和他安排在一个房间。第二年我们一齐当上省政协委员,同样住一屋。

开预备会那天,他摸着别在胸前的出席证,不无感慨地道:"我父亲九泉之下有知,也该笑了。"

我拿眼睛望他，猜不透他何以说这话。他接着道："解放后第一届省人民政府宣告成立，父亲也是人民代表。"

我"噢"了一声。他在客房内来回踱步："记得吗？在山洞里，我对你和'小四眼'说过，我父亲是开明绅士。解放后，他力阻两位兄弟烧毁吴家堡子、县城、州府的行动被人称作德行，他也以此当选为人民代表。父亲当选代表多少有点说法。我这回当政协委员，则纯粹是沾先人的光。自己是一点功绩都说不上的。"

我说，你也不简单，不在香港住，宁愿回故乡。

不料柏道斌脸一沉，生气了："别人说倒还罢了。你已晓得我的真情，再这么说，我要认为你是取笑我了。"

我急忙把话题扯开,和他讲起当年的"赌王小四眼",我说这小子如今改邪归正,再不赌钱了,"小四眼"是受了柏道斌的启发,在上海女知青中找不到对象,干脆降一格,找了一位省城女知青,采用集束的炮火猛攻,短期内就奏了效。这省城女子的父母是东山水果批发市场的职工,"小四眼"随婆娘调进省城之后,不甘心当水果店营业员,辞职专贩水果。一来他有岳父、岳母这头批进新鲜水果,二来他的水果滞销又可让婆娘返回国营水果店去贱卖,"小四眼"两头不吃亏,才干两年,就成了万元户。有了钱,他把这旱涝保收的贩水果生意全丢给婆娘去经营,自己又开始倒服装,倒了一阵子,大约也赚了不少,他又不安心了,找了些人,搞了个服装工厂,专门生产

"赌王"牌服装,小批量的,式样新颖别致,现在省城街头那些时髦的男女小青年,都以身上有件"赌王"牌子的服装自豪呢!

说及"小四眼"经商成功之道,柏道斌想起了什么似地问我,省青联办公室找到他,要和他一齐开百货商场办三产,赚的钱四六分成,省青联得到的,就支助青联搞活动。他说一提经商,他心头就没把握,不晓得该不该搞?

我说可以搞,省青联主席办公室商量过,地方就选在省青联大楼下面,破墙开店,闹市街头,不会蚀本,更不会投进去一百,经营一年后蚀掉五十。

"那么我就参加吧。"他听我说完,点着头表了一个态。但我看得出,他的热情和积极性都不高。

晚上,看完电影和文艺节目回到客房,我们聊得很晚。话题很宽泛,漫无边际。

这天我问他,有一个人的事迹听说过吗?他是北伐时期国民革命军第十军的军长,似乎和谷正伦、何应钦这些国民党的元老都共过事,算起来,和他叔叔们也该有过来往。

柏道斌马上报出此人的名字,说他的资格,比叔叔们要老。他是武昌起义时陆军第三中学堂的学生,后来又进保定陆军部陆军军官学校。他不属于蒋介石的嫡系。

我听他讲得这么清楚,顿时兴奋起来,一点睡意都没有了,拿起笔来就往本本上记,一边记一边道:

"是啰是啰!看过他的事迹材料,我一直想不通,他那么能打仗,蒋介石和当时任第七军军长的李宗仁,都认为要用十个军的兵力,花两个多月方能攻下徐州。他只用了五个军，十几天就把徐州打下来了。这么一位将才，蒋介石为啥要杀他？"

柏道斌笑了，瞅他的笑容，我看出他是在笑我的幼稚。他放缓了语气道：

"第十军能征善战，由常德出澧州，藉池江、古老背水一战就把吴佩孚的长江上游总司令卢金山打得大败而逃。全军开进宜昌时，改编卢金山手下四个师，增兵却不加饷。中央国民政府当时派共产党人吴玉章前去劳军，只见十军弟兄们都是赤脚草鞋，立于凛冽寒风中，照旧精神抖擞，无一声怨言。吴玉章称赞不绝，回去报告后，蒋介石依然置之不理。你想嘛，第十军当时统领二十八师、二十九师、三十师和独立第一团、新编教导一师、二师、三师新编独立二团、炮兵团、教导团，共

41

计九万余人，号称十万大军。1927年的初夏之交，十军再次攻下济南，编并了几个师，兵力更加庞大。他又笃信孙中山先生的三民主义，不属于蒋介石的嫡系，离开南京又这么近，蹲着一支如此庞大而能前仆后继血战的军队，蒋介石怎能放心得下？说天道地，人嘛，辉煌一时也好，猥琐一辈子也好，到头来都还是历史的牺牲品。你去关注这些霉陈烂古的事情干什么？莫非也要搜罗来写小说。算啰，弟兄，你就写写那些知青，写写'赌王小四眼'发财，我那几个娃娃，读了你送我的几本书，都还喜欢。"

我愣怔地望着他，惊愕于他的世故，惊愕于他的看破红尘。我想说我关注的还不仅仅是这位历史人物，还有他所辖二十九师的那些松桃、铜仁的苗族青年，三十师的天平、锦屏、黎平的侗族青年,这些热血青年,当初远离偏僻山乡出外当兵,固然是因为贫困,但也有不少真正是为追求理想而去闯世界的呀!

难道这也要用人是历史的牺牲品来解释?

平静的无波无澜的生活,时间容易打发,日子也流逝得惊人的快。这已经是八十年代的末尾了,那天我正在家中结束一部小说,省青联的主席和秘书长来我家。虽说时常在一起开会,搞活动,相互之间是很熟识的,但专程到家来,还是不多的。

我搁下笔,请客人在沙发上坐。

"思来想去,只有请你出马。"省青联主席原是我的邻居,说话开门见山,"亲自去跑一趟。"

我问是何事。

直接负责青联日常事务的秘书长说，省青联和柏道斌合办的商场，这些年里一直合作得不错，双方是比较满意的。只是在近半年中，在经营的方式方法上，柏道斌和承包的商场总经理，有些不同意见。照理这也很正常，即使有点矛盾，通过协商是可以解决的。不料柏道斌一怒之下，拂袖而去。关键是他这次要态度之前，一点预兆也没有。如果有些预兆，或者说他与总经理讲不通，到办公室来打声招呼，由办公室出面协调，事情也不至于闹僵的。但他没有这么做，走了，走之前他留下话，他的资金全部抽回，商场名称，当初是他想出来的，他还要用。请省青联办公楼下的商场另外想名字。

"这就有点过分了！"省青联主席接过话

头表示态度，"都是朋友，有事可以商量嘛，何必把事情做绝了。"

秘书长补充，柏道斌离开省城，回他的故乡去了，究竟是在州府、在县城，还是吴家堡子，还没打听清楚。反正这些年里，这几处地方他都可以落脚。

我明白了，这是要我当说客。推是不好推的，我是省青联挂名的副主席，又是柏道斌的朋友，人家自然要想到我。

我说可以腾出时间跑一趟，不过有没有把握我不敢说。在我的记忆中，柏道斌生这么大气，还是头一遭。况且这些年，他算是很顺当的，他的妻子儿女，全搬在省城住，他呢，香港保留着居住证，每年总像旅游一般去三五个星期，接受亲戚朋友的一大堆礼品，遂而回到省城来分送给他的朋友们。我至今还保留着一副他送的太阳镜。在省城里，他身兼商场和一家公司的董事长，商场是省青联承包给了人家，公司由他的姐夫从香港回来担任总经理，经营外贸业务，他姐夫全权负责。他其实是个甩手掌柜。在州府，他的大哥出资为家乡建了一所医院，没有任何要求，只要柏道斌当个挂名院长。在县城，他那在香港经营野味餐馆的姐姐回来投资盖了一家饭店（白送给县里面的），提了两个要求，一是请饭店代为收购当地野鸭、野鸡、竹鸡、锦鸡、果子狸、竹鼬等等山珍，二是让柏道斌挂名当个董事长。在吴家堡子，原先被粮管所占去的他家那幢二层小楼，早已屋归原主，还给了他。他一度装修得富丽堂皇，张灯结彩住了几个月。那一阵子山乡正流行可怕的二号病，我陪中国青年出版社的两位编辑去游黄果树和龙宫,故意不在外头吃饭,而把两位客人拉到他吴家堡子的家吃饭。其中一位老编辑已离休,今年遇到我,还说稀里糊涂跑进一户素不相识的人家吃顿饭,想起来就不安。

结束了小说,去找柏道斌之前,我先给他妻子挂电话。他妻子在离我们作协很近的达德小学教书,她告诉我,道斌这回是真生气,说走就走了。我说怎么能尽快找到他啊,我的时间不多。他妻子让我记下一个电话号码,她说这是柏家在州府傍山依水的郊外新建的花园小别墅,竣工装修完不久,道斌是去验收的,放了假,她也要带三个娃娃去住。

搁下电话,我不由有几分感慨。想当年道斌在山洞里栖身的时候,洒金寨上这个农家姑娘、耕读小学的教师如若不是那么坚贞地爱上道斌,伴他吃苦受累遭歧视,她也不会有今天这样的日子。

　　坐上火车去州府的时候,双眼眺望着车窗外的景致,这些年和道斌有关的历历往事,全都在眼前一一掠过。商场开张的时候,鞭炮升天,锣声鼓声,红绸裹牌子,他请我去赴宴,一副春风得意之态。也是在那个宴会上,我认识了他的姐姐、姐夫。出人意料地,他姐姐道怡高大挺拔,纯粹篮球运动员的体魄,相貌又很漂亮,活脱一个爽朗女强人,而他姐夫则长得矮矮小小,看去极不般配。道斌的大哥回故乡那次,也请了我赴宴。他大哥道俦,一副轮船公司总经理的派头,唯相貌几乎和道斌一样,只不过两鬓染了霜,戴的是一副金丝边眼镜。让我不易忘怀的,是那年夏天我们一同赴京开全国青联会,当时的总书记胡耀邦接见了全体委员并合了影,闭幕式后的晚宴上有酒，我们尽兴喝够了回到客房，他抓起电话就给家里挂长途，电话是他妻子接的，他嚷着说让妈妈来接，让妈妈来接。当他母亲来接电话时，他激动地大叫：

"妈妈，我见到胡耀邦了，总书记胡耀邦！还握了手。"

喜悦兴奋之情溢于言表。

最神秘的那次要算他叔叔的副官回家乡了，半夜里他把电话打到我家，劈头就说：

"伙计，明天你不要作任何安排。我来车接你去栖水玩，玩够了，兄弟在栖水山庄请你喝茅台。"

茅台酒我不稀罕，但是一年之中也难得喝上几回。再说栖水山庄新建了别墅群，听说还有总统套房，连"小四眼"都把"赌王"牌时装推销到了栖水的旅游点上，我都没去看过呢。我在电话上一口答应,和他去耍一天。

进口的面包车来接我时,车上除了道斌夫妇和三个娃娃,"赌王小四眼"以及道斌的姐夫,还坐着一位个子不高,面容清瘦的老头,穿身普通的西装,看去足有六十多岁了。道斌郑重其事地介绍,这是他二叔当年从故乡带出去的副官。

我点头和他握手,欢迎他阔别故园四十来年回家乡看看,心里忖度着,道斌这家伙,是拖我来当陪客呢。

这位副官话语不多,喝茅台时简短说的几句,也很中肯得体。他说亲眼一看,才知家乡变化之大,印象最深的是交通发达,城市里几乎看不到穿打补丁衣裳的人,就是打工的农村小伙,都不穿补疤儿服装。回去他要把所见所闻的一切,都一一如实向两位恩公报告。

这最后一句透露出他是行伍出身。

他说的两位恩公,就是道斌的两位叔叔。我问他离开军队时的军衔,他说承蒙两位恩公栽培,官阶是中校。只不过他早已退休,跟着两位恩公做一点生意。

送客人回宾馆休息后,道斌附在我耳畔道,两位叔叔八九十岁,近些年里看到大陆和台湾"三通",来往频繁,思乡心切,很想回来看看。但他们心底深处多少还是有顾虑的,当年溃败时执意要烧毁吴家堡子、县城州府那些事情,又给我们这里写进了文史资料,想瞒是瞒不住的。所以他们让副官回故乡来看看,试探一下。说完,道斌不无兴奋地告诉我,这位副官私下对他道,回去后一定如实汇报,着重讲清来去自由,绝无人监视,说服两位恩公在有生之年回故乡一趟。

　　我瞅着柏道斌，他说到这里时声音发颤，一对鼓凸的眼睛在镜片后熠熠放光，激动得喉结都在上下蠕动。

　　我细细一想，其实道斌和他的两位叔叔可以说没甚交往。他们逃离大陆时，他尚是幼儿，他能有多少记忆？他为即将和叔叔相逢激动不已，只能说是血缘在起作用。

　　这事发生以后约摸半年，我和他又在省政协举行的迎春茶话会上相遇，台上在演节目，台下的熟人朋友三个五个一堆聚首谈笑，我还没打听他的两个叔叔是来还是不来，他则把我拉到靠后的一张小圆桌上，主动告诉我：

　　"两个月前，我两个叔叔已经到了香港，我姐姐、姐夫都和他们团聚了。我这里也通知了远远近近的亲属。姐姐连他们来的飞机票都订了,突然间出了一件事,两个叔叔又来不成了!"

"出了什么事?"

"两个叔叔的意图台湾那里很快晓得了,蒋经国先生派人给两个叔叔送来两张二十四寸的大照片,蒋介石的大照片。照片后头签了蒋经国的大名,还有日期……"

"附带有口信?"

"没有,啥子都没有!就这么两张照片,我的这两位叔叔挥着手说,明白啦!我们环球旅游去。旅游之前,他们要见嫂嫂一面,也就是我妈。我让我的婆娘陪我妈妈去了。其实我心头也想见叔叔,不过我这婆娘自从嫁给我,什么福也没享着,什么眼界都没开过,就让她去看一眼香港吧。好在我姐姐会陪她逛逛。我妈这一去,也好,定下了一件事,待我两位叔叔环球旅游回到台湾,我陪我妈妈一道去台湾探亲。看来,今年是能去那岛上耍一盘了。"

初夏之际,我接到他的一个电话,台湾探亲即日成行。

中秋节前,他回来了。让我去他那里吹吹,喝一杯酒。

酒桌上,道斌大讲台湾之行的感受,说他妈理一个发要二千台币,理得虽然舒服,却也叫他心痛;又说台湾气候宜人,环境清爽,汽车多得像虫爬,交通挤得人心焦。然后他又拿出照片来让我欣赏,我翻着照相册子,他在一旁喷着酒气指点着:这位是前政界某人,那位是前军界某人,还有这个站着和我妈说话的,就是何应钦,他九十七岁了。身体还好哩！对了对了，这个，还有这个，就是我的两位叔叔。你瞅瞅，他们哪里还像带兵打仗的将军。

我留神瞅了瞅，果然，照片上笑眯眯的两个老头，慈眉善目的，一派儒雅之相，手中还拄拐杖。仅看这两张照片，绝对想不到就是这两个败将，当年下令要烧毁吴家堡子、县城、州府。

我合上相册，歪着脑壳说："我还是不明白，他俩为啥不敢回来看看呢？蒋经国送照片，又没说什么话。"

"嗨，你还在写小说，咋连这都不懂。那是要我两个叔叔，不要忘旧主嘛。"柏道斌带点儿酒意，高嗓大门地说："说尽黄河都是水。人嘛，还是那句话，终归是历史的牺牲品。"

我眨巴着眼睛呆痴痴望着他。

他一口就把满满一盅酒喝尽了。

道斌的两个叔叔最终还是如愿以偿，回故乡周游了一趟，拜祭了祖宗，会见了老老少少一大堆亲戚朋友。

好笑的是，在省政协为他们举行的欢迎宴会上，那位当过保安司令的柏文焕见到了已经离休的省政协副主席，当年省城里的一位地下党员。道斌介绍他的大名时，柏文焕先是一怔，继而举着酒盅道："哈哈，当年你好会躲，我想方设法、挖空心思都要抓你，怎么都抓不住。"

"你没得本事！"老同志回答道，"抓不住我，把我的弟弟妹妹抓进去关着。他俩又不是地下党员。"

柏文焕的脸一阵红："我抓他们，是想引

你出洞……"

"我才不会上你的当呢!"老同志又道,"还是你那嫂子好。我母亲找到她一说……"

"我嫂子就气冲冲闯进我的司令部,逼着我放人哩!来来来,没想到今天在这里都见面了,嫂子,一齐来碰一杯。天下美酒,我喝过不少,喝来喝去,还是茅台好!"柏文焕感慨万千地道,"亲不亲,故乡人;美不美,家乡水。唉,还是家乡的水好啊!"

"家乡人,整起人来也凶啊!"柏道斌拉着我一起挤到老人堆里,晃着半杯酒道,"'文化大革命'批斗我时,硬把叔叔你当年贪污二十卡车呢料子的事,栽到我的头上。我犟着脑壳辩白道:叔叔即使贪污,也是贪污国民党政府的,加速它的垮台……"

话没说完,宴会厅里又是一派笑声。

柏文焕笑得不很自然道："哪里哪里，那还是民脂民膏，民脂民膏啊……"

在省城居住的近十年中，和柏道斌虽说不是频频相会，却也是时常见面。日久天长，交情渐厚。有个什么事，电话上一说，便能讲清。要会面了，也是约一声，马上就能见。

到了州府，我找招待所住定下来，没费啥口舌，就打听明白了，道斌的花园别墅，盖在市郊傍山依水的紫木幽。在二三十万人口的小城市中，私家掏钱置地盖别墅，仍是很少有的事，所以和随便哪个聊起，都能告诉你一二。

我到州府已近黄昏，沐浴以后，吃过晚餐就依道斌妻子给的电话号码，给道斌拨电话。

电话是一个女子接的，问清了我是谁，她

才让我稍候。

这一候候得有点久。我捧着话筒，心头在嘀咕，这龟儿子在搞什么名堂？当真是有了点钱，也学会了耍派头？身旁还使上了女秘书？不对不对，即使真有女秘书，这当儿也该下班了，哪会跟着住别墅！这女子会是哪个呢？看起来，一段日子不见面，道斌这家伙有什么事儿瞒着我了。

他总算来接电话了，开口就说对不起。他正在沐浴，看来这别墅设计得还不够周全，他该想到像上档次的宾馆一样，在盥洗间装一只电话。

原来如此。我隐隐的怨气随之消了，便用事先想好的话道，到州府来采访并偷闲写点东西，听说你也在此，晚上闲暇无事，很想同你见面聊聊。

要在以往，他马上会干干脆脆地道："行啊，你待着不动，我让车来接你。"

谁知今晚他却在电话上道："兄弟，你明天上午来吧。我们可以尽兴聊。"

"今晚就不行吗？"

"今晚我安排出去了，对不起。"

电话挂断了。我愣怔着搁下话筒，陡然意识到，这说客的使命，不是那么好担当的。

通话后不安的预兆影响了我的睡眠，第二天一大早，就醒了。没等到吃早餐，我便沿着州府清洁安宁的马路，信步往紫木幽走去。昨晚招待所服务员已告诉我，紫木幽离这里，仅四里地。散步过去，最多半小时。

约摸走出三里，就出了城区。市郊的空气更显清新爽洁，出城的路拐向花木葱茏蓊郁的半坡。只是坡度相当缓，几乎觉察不到。过了半里路外一个缓坡，眼前顿显一泓河湾般的湖水。岭巅一片白岩上，镌刻着三个粗重浑厚的大字：紫木幽。一望而知这字古已有之，大约近年来决心将此开发成旅游、度假式的别墅山庄，又在字体上描了红，那颜色有点狰狞夺目。

不消询问，依山傍水，一幢小巧别致的花园别墅，醒目地坐落在那里。路一直修到别墅的铁栅围栏跟前。

我不急不慢地朝着别墅走去。眼前的别墅楼，忽又幻化成道斌当年栖居的晦暗潮湿的山洞。怪不得古人要叹：人生如梦哩。

紫木幽水波平如镜，水面上浮荡着淡淡的薄雾。四面环抱的山岭上，一片浓翠悦目的绿色，雀儿涨潮似的啼鸣声此起彼伏。道斌这个家伙，真会寻找地方，省城郊区的栖水山庄,称得上是个风景地了,可哪里有这儿幽雅得恍如仙境般的奇妙。

走得近了,看清楚别墅一楼的阳台向前突出,延伸在碧澄的水面上。而二楼阳台,则又与一楼阳台呈梯级层次,可扶栏远眺湖光山色。

时间尚早,我不想贸然叩门而入。绕着别墅楼,颇有雅兴地欣赏道斌的乡间隐居地。

别墅楼的外墙用的是一色淡雅的长形墙砖,无甚稀奇。唯窗户玻璃是刻花的磨砂玻璃,既能透进阳光,又有艺术感。别墅楼前的花园里,柔软的草坪,几株柏枝、芭蕉,还有一棵耸立的冷杉,可能是原先生长在那里的。来到门前,只见两边门廊上,书有一副对联:大肚能容容天下难容之事,笑口常开笑人间势利之徒。

我蹙紧了眉,正在忖度这副联子道斌从哪里抄来,反正是似曾相识,一时记不起是哪座佛庙寺院弥勒前读到过的。二楼阳台上的门一阵响,道斌穿一身浴衣出现在阳台上。他正欲做深呼吸,俯首之际,一眼看见了我,连忙招手道:

"嗨,让你早晨来,你还真早啊。进来,快进来啊!"

他弓身退进屋里,一会儿工夫,人还未出现,铁门"忽隆隆"响,朝着一边打开了。原来这门还是自动的。

我走进去,沿着砖砌的路面一直步上台阶,推门入室。

迎面是一个小巧的会客厅,沙发、矮柜、25英寸彩电,挨墙一套音响,茶几上配的茶具,既带有装饰感,又随意地可取来使用。柜顶上还有花瓶和漆器。朝窗外望去，正可看到紫木幽的一角和彼岸的树林。

"坐、坐啊！憨乎乎站着干啥？这么早，吃早饭没得？"道斌进来了，他已换上了一身便服，只是头发还没梳理，有几绺直直地竖立着，显出一副滑稽可笑相。当我摇头时，他又回首喊："嗳，他还没吃早饭。"

我想他这是朝谁嚷嚷啊？迟迟疑疑地和他相对坐下，我想起昨天接电话的那个女人。莫非他们都住在这幢世外桃源般的楼里？

道斌重手重脚地往茶杯里搁茶叶，随后把放了茶叶的空杯子连同托盘一起推到我跟前，说：

"只有隔夜开水，你等一等，再给你沏茶。"

我摆手表示不介意，他又笑道："你是跟

踪追击，专为我而来，是啵？不要哄我，你这个人，说谎都说不像。这里的州委书记，就是上一任青联主席，和你共过事。你来采访，他早打电话通知我了。"

为充当说客寻找的理由被他揭穿，我有些不自然，于是也只好取单刀直入之法。

"你老兄也真是，又不是娃娃孩儿家，说走，摔下一堆话就走了，闹得人家上门来找我。我呢，不来又不好。都是自家人，相处也不是一天两天了，有话可以讲嘛！到底是哪件事，把你惹毛了？"

道斌抽出一支烟，顾自点火抽烟，随而把一盒烟"啪嗒"丢在茶几上，狠狠地抽了几口，道：

"说起来也是小事一桩，可他们太不把我当一回事！欺人不能欺得太甚嘛！我是日积月累,忍好久了!"

"那你怎么不早说?"

"和你说有什么用? 你是青联副主席,那不假,可是挂名的。说了也是白说! 反倒给你留下个鸡肠小肚的印象。"

"也不一定,比如这一回,我问清楚了,拿出办法来,他们就会听。"

道斌笑一声,又瞅了我两眼:"他们总以为我是为自己。其实,还不是为'赌王小四眼'。还记得他吗?"

"当然。"我点头。

"我们的顺潮商场,东西好销。'小四眼'的'赌王'牌服装,在省城里有名声。拿到商场里来销,不是一件好上加好的事! 两头都得利。可就为利的事,双方互不让步,争执不下。'小四眼'的电话打到我这里,要我帮忙。

我们多年的朋友啦，我还能不帮这个忙？就跟商场总经理说，让一点利。总经理当面敷衍我，转过身子根本不办，仍然不让步。他哪里知道我已经答复了'小四眼'，这不是要我好看吗？我又对总经理说，总经理不冷不热地回答我，他不是为自己赚钱，他赚的钱大头交青联，他不能拿众人的利益去讨好个体户，'赌王'牌时装好销，'小四眼'赚得已经不少啦，不能再来钻空子。我当场就火了，问他我这个董事长究竟还算不算？我说的话不能算数就撒伙，老子不干了！"

"你这个脾气就发大了嘛！"

"我早想发了！他妈的把老子菩萨样供起，关键时刻又朝我脸上涂煤巴。再说，连你也不知，我当年得过'小四眼'的好处，受过他的恩惠。"

"噢?"这事我果然不晓得。

于是道斌告诉我,就是那次,我领着"小四眼"去山洞拜访他那次,当我们和他闲扯一通离开山洞以后,他发现了一只信封,信封里有二百块钱。二百块钱现在听来太微不足道了,可在当年,在道斌一家栖居山洞的年月里,无疑是一笔巨款。连经历过数次大富大贫、人生沧桑的道斌的母亲,都说这两个异乡客值得交朋友。

"这么说,多年来你屈尊和我交往,我还是沾了'赌王'的光?"我开玩笑道。

"你别误会,"道斌急忙否认,"就冲你为救人一命,不顾死活赶路那劲头,我们一家子就认定,你是个好人。"

事情清楚了。承包商场的总经理没有错,他不能让"赌王小四眼"赚太多的便宜,

"小四眼"赚多了,省青联和他本人要吃亏。他没有必要照顾"赌王小四眼",当然要坚持利益均沾。道斌呢,从他角度说,也没多大错。他想帮"小四眼"的忙,让"赌王"多赚一点,还一份人情。他本人从中没捞啥油水。他只想行使一下董事长的权,当他不能如愿以偿时,他就耍了态度,一怒之下拂袖离开了省城。我昂起脸来,目光移到窗外紫木幽水面上,轻柔的淡雾飘浮起来,渐渐在弥散。我离座起身,去打开窗户,让清晨凉悠悠潮润润的空气拂进屋内。

　　"你就不要生气了。"我说,"这件事有两个解决办法。其一,把你和'赌王小四眼'不同寻常的关系摊到桌面上来,我们一起议一下,讲清请商场总经理让一点利给'小四眼'。其二,更简单,由我出面,去跟'小四眼'打招呼,直截了当告诉他,为这事,你都跟顺潮商场翻了脸,闹僵了。让'小四眼'领你的情,就不要多赚了。我晓得,他这些年,百万富翁还谈不上,但三五十万是有的。话说清楚了,不会在乎这一笔生意那点钱。你看……"

"我还有什么看法?"道斌截住我的话头,双手一摊,苦涩地一笑:"怎么都行。实话跟你说,昨晚一接到你的电话,我就晓得你是来和稀泥的。你这个人还会有什么高招?"

我也笑了:"那就一言为定,大事化小,小事化了。你也不要再提什么抽牌子的事了。"

"抽什么牌子。顺潮商场的名字,当初还不是你给我取的。"

我哈哈大笑:"亏你还记得。"

道斌则不笑,道:"是啰,顺应时代,顺应潮流。这回你的面子,我就再顺应一盘吧。

不过,你回去还得跟我说几句,他妈的有些人就是不相信我,上次那两辆面包车的事,是突出的例子。"

没想到道斌把这类事都还耿耿于怀地记着。他大哥道俦回国那次,亲眼见到道斌和省青联的关系和睦友好,表态说要买两辆带空调的面包车,一辆送给省青联,一辆送给道斌用。结果,车子是一辆一辆送到的。道斌取了头一辆车,有关部门借种种理由卡着他,不给他办手续,直到第二辆车也来了,省青联出面办妥了手续,然后才慢吞吞地给他办。这件事我也曾帮他从中疏通过,没起多大作用。事后,我跟他说,有些衙门就是这样,你就不要放在心上了。好事多磨嘛!

哪晓得,他偏偏把这件事记得牢牢的。这不,又提出来了。而且他提得很敏感,一针见血。劈头就是说对他不信任。

我的脸色大概有些窘,他撤熄了烟蒂,隔着桌子伸手过来,在我肩头上轻轻一拍道:"牢骚是不少,不是针对你的。我知道你没有那么多心眼。不过你对我也有误解。"

我疑讶地扬了扬眉毛,他又笑了,笑声粗重浑厚。

会客厅门口人影一闪,一个袅袅娜娜的女人端着托盘走进来,我仰起脸来,她嫣然一笑对我招呼:"你好!"

俨然一副女主人的样子。

我极力在记忆中搜索,曾在哪里和她见过一面。

道斌理然道:"你们见过吧?尹天真。"

"见过,见过一面。"尹天真显得落落大方。

瞅着这美丽女子脸上那一双如梦似幻的眼睛，我陡然想起来，我和她确实见过一面。遂而，我暗自联想到，他们的这一层关系！至少维持十几年了。

"吃早点吧，都是她的手艺，你尝尝。"道斌丝毫不掩饰什么地说。

早餐很丰盛，尹天真从宽大的托盘上，把米粉、面包、果酱、牛奶和各色小碟酸菜、榨菜、松子、乳腐摆上桌面。而我们的交谈，却不那么坦然自在了，气氛有些拘谨，话也是有一句没一句的。尹天真问我在写些什么，写作中有无困惑，到州府来，住在哪个招待所？总之，是一些客气话，只在尹天真提起，州里有人在传，说我要调回上海时，道斌才晃着手断然道："辟谣，辟谣，没有的事。你若真要回上海，我就要骂哩！"

我是真心想调回上海去。月是故乡明嘛。不过我不想如实讲出来，这一次省青联主席要我来当说客，我之所以答应得这么爽快，也有最后为青年联合会尽一次力的想法。我若对道斌照实讲，他是当真要骂人的。

　　吃过早餐，收拾净盘子碗碟，尹天真换上一身端雅的服装，对我打招呼说，尽兴在这里耍，她要上班去了。

　　我随着道斌步出花园别墅。紫木幽湖边，拴着一条俗称"飞燕子"的小船，道斌约我去泛舟荡湖。

　　小舟只能相对坐两个人，两人划桨时用，力稍一不匀，船儿便会剧烈晃动。我们两个适应了半天，才使小船安安稳稳地荡向湖中。

　　"你看到了，不消多费口舌。"道斌支起

桨，主动拾起有关尹天真的话题，"离开喧嚣嘈杂的省城，到这幽静的地方来，我主要为的是她。并非像你们所猜，是恼怒得不辞而别。"

"她……在哪里上班？"我满腹狐疑，问的话却是小心翼翼。

"在我哥捐款建的顺潮医院。"太阳从东边的山巅上露脸了，霞光把平静的湖面搅得一片闪闪烁烁，道斌摸出一副墨镜戴上，手随意指点道，"她原先是厂医，厂子建在山沟里，是三线厂。这些年厂子里的人纷纷往城市跑，噢，对了，厂里不少北京、上海、西安来的，都在回去。她当然也想回城，正好顺潮医院修起来，需要人。就调过来了。"

她有家吗？如有家她的亲属在哪里？如没家她晓不晓得道斌是成了家且有三个儿女

的？我喉咙里哽着一系列问题，痒痒得直难受，但又觉难以出口。这年头思想观念开放，类似的事似乎都属于隐私，不便贸然发问，和道斌的交情虽说不是一年两年了，但面对面讲这类话总是让人尴尬。

"我和她哥是好友，又是农学院同学，那时她还是个卫校学生，小姑娘。'四清'时，她哥哥尹天翔对不读书而下乡去搞'四清'发过几句牢骚，完全是随口讲的，结果被批得个狗血淋头，毕业分配时，像他这种说过错话做过错事的学生，肯定将被分到苦寒山区去，那地方是'包谷当顿，洋芋下饭'，农闲时节还得掺吃苦荞粑。恰好'文化大革命'闹起来了，尹天翔受压挨整得凶，造反也造得早，一家伙就成了农学院的红卫兵造反司令。"

我没发问，道斌倒主动讲起来了。一讲

76

就讲到了往事,讲到了根子上。"飞燕子"浮荡在湖水中,小船上就他和我两个人,谁也听不到我们之间的对话。我依稀明白,他约我到湖面上划船玩,完全是为了不受干扰地敞开心扉说话。我把双眼定定地望着他。

他墨镜架在鼻梁上,两片嘴唇急遽地掀动着,话说得很快:"那年头,尹天翔短短几个月里,就成了叱咤风云的人物,不但在农学院一呼百诺,和省城里的各路造反大军、红卫兵团,都有千丝万缕的联系。

"我没像他那样受过整,又因为家庭出身和社会关系复杂,哪个派系也没加入,成了个旁观者、逍遥派。但是日子要打发,时间要消磨,于是就主动去找尹天真玩。

"尹天真她们卫校里也早停了课,而且全校上下都在盛传:毛主席砸烂'城市老爷卫生部',卫校的学生连带老师,都要往山沟农村里分,她们更没心思读书,连造反都没心思。我们的思想有共通之处,就在那当儿,不知不觉恋爱上了。

"想想那段时间的恋爱,也有浪漫好耍的一面。外面的世界纷纷扰扰,争权夺利,充满了火药味。而我和尹天真却是卿卿我我,眼中只有对方一个人。那段时间虽说短促,却是我这一辈子最幸福美满的时光。可惜好景不长,造反造到谁都想争当老子天下第一的时候,发生了武斗。动刀动枪,连炮也拉了出来,尹天翔是在武斗中被流弹打死的。死得一点也不英勇壮烈。造反派得势时,还给他开了隆重的追悼会,水泥浇了坟墓,竖立了烈士墓碑。风光了不到一年,和他们对打的另一派得了势,说他狗日的是打手,是坏头头,烈士墓碑给放倒了，连水泥浇的坟也被炸开了。最可怜的，是'文革'结束之后，什么人都得到了平反昭雪，都有了一个说法，惟独尹天翔，始终得不到个结论。就是他那坟墓，也早被夷为平地，连一根尸骨都找不到了。人嘛，你说说咋不是历史的牺牲品。"

没想到道斌说着说着，又绕到这句话上来了。我晓得他对造反派深恶痛绝，对"文化大革命"中的得势人物耿耿于怀，但在谈到尹天翔时，他的语气自始至终是伤感的、同情的。

我对他提到的此人毫无印象，甚至听都不曾听到过。不像柏道斌的两个叔叔，还有他的祖父，在枫香塘乡间总有人提到。我对道斌苦涩地一笑。

他大约觉出我的笑容似在敷衍，接着道：

"我们就是在那年正式分配的。我被分到自己故乡那个县里去受整，尹天真分到山沟里的工厂当医生。由于她哥的关系，她也一直是受整的。好在她是学医的，在工厂医务室，再受整受压，工作还不重。分手时我们恋恋不舍，分手后我们通过一些信。后来信没法通了，我一家子都被赶进了山洞，那种写着亲热话的情书一旦落入外人手中，不但我脸面上不会好看，连她也要受牵累。我如实把自己的惨境告诉了她，让她再别写信来。隔开好久，真是好久，她来了一封短信，说她在工厂嫁了人，是厂里一位丧妻的中层干部，比她大十多岁。我除了去信向她贺喜，还能说什么呢？噢，差不多就在此时，我那三个娃娃的妈，当初洒金寨耕读小学的教师，走进了我的生活。"

最后那些话，道斌全是压抑地说出来了。话声里再没了一贯的浑厚粗重。他从塑料兜里摸出两罐易拉罐饮料，丢一罐给我，自己"啪嗒"拽开一罐，仰脖一气喝下半罐。

我旋转着易拉罐，沉吟着不吭气。事实上我很难对他袒露的历历往事和感情纠葛表什么态。

憋了半天，我才轻轻地道出一句自己的疑惑："你和尹天真的这些事情，你婆娘还有三个娃娃，他们晓得吗？"

他瞅我一眼，那目光是很复杂的，似有所不悦，但更多的是不安和畏葸，他说：

"我想他们还不晓得。怎么啦？"

"在你最困难最无人理睬的年头，你婆娘走进了你的生活……"

"我晓得你要说些什么。"他稍稍提高嗓

门，语气有些偏激，"我也不是没想过。可你要我咋个办？我这个人一辈子都荒废过去了，不曾好好追求过，不曾认认真真工作过，连恋爱都没有像像样样谈过。我不是亏大了吗？"

面对他激忿的神情，我还有什么话能说呢？我只有保持沉默。气氛有些僵滞。"怎么样，够不够你编个小说？"道斌摘下眼镜，两眼眨巴着，故意放声问我。

"好像还缺点什么？"我拉开了饮料罐说，"你们是如何重逢的？"

"没啥诗意。打倒了'四人帮'，我试探着给她去过一封信。就这么联系上了。每当我在省城逗留，她就来和我相会。我一见到她，就觉得还在继续我们的初恋，我还像当年一样爱她。仿佛我不曾讨过婆娘，仿佛我没和婆娘生过三个孩子。她也一样。都是过来人了,初恋时的扭扭捏捏的羞怯没有了,我们尽情享受着难得相聚时的爱的甘露。她没提过要我离婚一类的话,她也没表示要和丈夫离婚之事,我们在一起,很少谈双方的家庭。哦,你不会咒骂我吧?"

道斌双眼睁得大大的,一眨不眨盯着我。

我摇头:"不会。"

"我很感谢你多少有点理解这事。"他重又戴上墨镜,此时我已认定他之所以戴上墨镜,而不戴他平时那副眼镜,是为了用墨镜掩饰他的眼神和脸上窘迫的表情。

他继续说:"只在我提议她调出山沟沟里的工厂,调进顺潮医院这件事时,她对我提了一个要求,让我时常到州府来陪伴她,她说她忍受不了一个人单过的孤独和寂寞,这就是说,她没要求把丈夫和孩子一起调来。其实我是有心理准备的,她如果提出来,她的丈夫也可以进顺潮医院管管后勤,她的孩子更可以转学。但是她没有提。她只要求我常来,她说我们的青春耽搁得太多,她珍惜眼前的时光。"

"可你来得再频繁,也不可能始终厮守着她啊!"

"我正准备这样做。"

"可能吗?"

"为什么不可能?"

"你每年要跑一次香港,你在省城里兼着省政协委员、省青联常委的职,你还是多家公司的董事长,瞧你那张名片,要是把职务全印上,只怕一张名片都印不下。你甩得脱吗?不行啊,老兄……"

"算了吧，伙计，我都厌倦了。"道斌朝我懒散地一摆手，"香港那种地方，难得去一回，图个新鲜好玩，去多了，还不是乏味。人家都在商场上搏击赚钱，我呢，喝茶、看报、看电视、闲聊天、逛商场。虽说姐姐啊、亲戚朋友啊都让我一年去一回，团聚团聚，可我晓得，在他们心目中，我不过是闲人一个，废人一个。至于省政协委员、青联常委，你比我更清楚，叫作多我一个不多，少我一个不少。还有那些兼职嘛，公司由我姐夫全权经管，顺潮商场省青联承包出去了，我这个董事长说句话，表个态，想让'赌王小四眼'多赚一点，他们一个也不会听。就拿州府这所顺潮医院来说，我这个挂名的院长懂什么，我懂得还不如天真多。姐姐道怡在县城开的饭店，我也有个挂名，可我既不懂经营，又不懂烹饪。连炒个豆角、青菜也不会。在家里我说话是算得数的,可妈妈一天到晚只晓得搓麻将,吩咐佣人。我婆娘呢,在达德小学教书,早出晚归,一颗心只在学生身上。大儿子入了大学,二儿子进了高中,最小的女儿都是初三学生了。有吃有花有玩,他们有他们的世界,根本不消我操闲心。在他们的眼里,我还不是多余的废人一个。就拿你来说,是好是坏,每年总有新书出版,总有新的创作。周围的朋友也都是啊,搞科研的、经商的、教书的,都有成果。我也曾想过,是不是再去拾起畜牧兽医专业,可想到要和病牛、病马、病猪打交道,心中又通不过。算了,我这个人就是这样的废人。哪个也不需要我,哪里我都使不上劲,出不了力。在这个世界上,真正需要我的,真正贴心的,就是天真了。我正想和她隐居在这紫木幽边的小楼里,避开世事的喧扰和人世的烟尘,伴着悠悠牧歌苍苍竹林,山青水长流,过清清静静的日子。"

"可是……"

他断然一挥手阻止我说话:"有相当于一百万人民币的存款。那几个兼职也多少有几文收入,安逸舒适的享福日子,总还是能过的。"

听他说得这么彻底,我还有什么话可讲呢?好在一开头我已经完成了自己此行的使命,更没必要和他在言语上争输赢了。

我是午餐前回到招待所的。任务已经完成,回省城的火车是下午三点四十,吃过饭,我可以安心睡一个午觉,随后悠悠闲闲地逛到车站去。

吃完简单的一菜一汤的客饭，走出餐厅，不料尹天真站在阶沿边等着我。她穿一身白大褂，照样有一股袅袅娜娜的美。

她问，我们可以聊聊吗？

我点头，随手就往招待所后院绿荫的石凳上一指。

倚着圆圆的石桌，我们相对坐在两只石凳上。我问她用过餐吗，她说吃了，医院中午免费，有一餐丰盛的客饭。我说你工作还顺心吗，她说从来没像现在这样称心满意过。

客套以后，我双眼望着她，等待着她说话。专程来找我，她总有什么事。

她微微垂首，脸颊上掠过一缕羞涩的淡笑，遂而仰起脸来，道："昨晚上你打电话来，道斌情不自禁地想瞒你。搁下电话，他一晚上都不安，睡得也不好，喃喃自语道，连你这

88

样的朋友都要蒙着瞒着，实在窝囊……"

我也一笑："他没想到，我一大早就会找到别墅去。"

"其实你闯了来，最不安最惶恐的是我。不是故意躲避你，你若正常地吃过早餐来，我已经到医院上班了。让你撞见，你心头就完全明白了。道斌也把一切给你讲了呗。我给他挂过电话。"

"讲了。"

她的脸上又掠过阵阵羞怯，说话声气有点颤抖：

"我来找你，只求你一件事，回省城以后，不要把这里的情形告诉他妻子。哪怕是不经意地流露。"

我说能做到。

她表示感谢，随而又像解释般道："我只

是不想伤害她。还有他们的三个儿女。他们比他更明白,之所以有今天,全赖了他。"

"而道斌仍以为,他只是个废人。"

"所以他更需要爱。真实地发自肺腑的爱。我也需要。只有我晓得,他并不是个多余的人。不是。他只是没有达到他应有成就的那种人。而这种人,在我们周围还少吗?"她的脸半仰着,说话声音带着深沉的感慨,眼睛里闪烁着那种做梦般的神情。

"你呢?"我问她,"就这么一个人在医院生活?"

"他来了,我陪他住在别墅里。他不在州府,我一个人住在医院小间的单身宿舍里。"

"你那一头的家……"我迟迟疑疑地询问。

她叹息一声,垂下了眼睑:"唉,那只是个

凑合的婚姻。也是那个时代造成的,实在并没什么爱的内容。"

我倾听着。她说,她的丈夫丧妻之后,带着一双儿女生活,在山沟沟的工厂里,是很困窘和拮据的。而她当时,已是一位大龄姑娘。有人从中撮合,他们就成了亲。她一结婚就成了两个孩子的继母。她用自己的心血、贴上自己的工资,维持着那个家。工厂虽然在山沟里,但那工厂是内迁厂,百分之八十的职工是上海人,干部更是百分之一百的从老厂迁来时安排的。所以实行的是上海一整套规矩,她的丈夫已有两个孩子,她嫁给他以后,不可能再生孩子。虽然她心中曾有过强烈的愿望,便还是不愿违拗丈夫的意志,破了厂里的规矩,再说,他们的收入也不允许这个家庭再添一个婴儿。日子也便相安无事地过去了。如今，两个孩子都已长大，一个念高中，一个就在厂里安置了工作，他们和她无甚感情，有什么事也是和父亲关起门来商量，瞒着她，不对她说。久而久之，在这个家庭里，形成了一种局面，那就是他们亲父子仨为一方，她孤零零地为一方。她和他们的关系，就是为他们买菜、煮饭、添衣、洗被、收拾房间的关系，仿佛是这个家庭的老保姆。再有，就是和丈夫同床睡觉的关系，说穿了同床睡觉也只是一种形式。他比她大十多岁，由于平时间的淡漠乏味，两三个月才有那种男女间的事。而且常常不能使她满意。尤其是和道斌重逢之后，她更痛感自己生活得压抑。所以道斌提出她调来顺潮医院，她爽快地答应了。她的丈夫及继子都没有表示反对。她看得出他们也想调到州府来，但他们没有明确提，她自然也不说。她说她不想断然提离婚,她只想水到渠成,分居久了,也许她和道斌之间的关系还会断断续续传到工厂去,到那时候,他们不愿不明不白地维持这种名存实亡的婚姻关系,离婚就很自然了。反正,她没有什么对不起这个家庭的,她付出得很多,几乎啥都没得到,到哪里她都能说。离婚也好,不离婚也好,她都心甘情愿地后半辈子陪伴道斌,至少在精神上。

她的故事,似乎又是一个历史牺牲品的故事。我心头忖度着,不过没说出来,我看到她说话间,眼里噙满了晶莹的泪。我说,道斌是我的好友,我当然也把她视为好友的伴侣。至于其他,我没有权利和义务说长道短,评头论足,好在我们这个社会在改革开放,在进步发展,新旧交替时期,会有很多传统和现代并存的事情存在，我想伦理道德方面也不例外。道斌跟我说过他想去隐居，分别听了他俩的倾心交谈，我倒衷心希望他俩真能找到一处遁世隐居的去处。

说到最后我笑了起来。

尹天真眼里的泪扑落落掉下来，她连续说了两声谢谢，遂而怩地站起来，急促地迈着碎步匆匆走出招待所后院。

瞅着她微微耸动的背影消失，我莫名其妙地叹了一长口气。心头说，今天的午觉是睡不好了。


后来我便调回了上海，再没和道斌见过一面。一晃眼，回上海都快三年了，我们之间的唯一联系，就是在新春佳节之际，互寄一张贺年片。我不知道斌是不是生气，因为在调离山乡时,我的大腿不慎被人烫伤,不能一一去向各族各界的朋友告别。我只在省报上写了一篇文章《别也难》,算是和所有的朋友,包括道斌这样比较亲近的朋友道别。这篇文章倾诉的是我的真情,以后好几处报刊包括《人民日报》海外版也转载了,想必道斌是看到了的。

那天夜间突然地接到他的长途,我不由地兴奋异常。

他在电话上问我住处落实得好不好?那么多书有地方放吗?浦东的开发是否真像报上宣传的那样?上海的房价涨到了多少钱一平方米?

我一一依自己的了解答复了他。其间插问了一句,这三四年,他住在哪里?

他说绝大多数时间住在紫木幽的乡间别墅里。这地方也开发了,零零星星盖了几幢别墅,卖二千八百元一平方米,比上海近百万元一幢便宜多了。即使如此,他这幢别墅,还是升了值,翻了倍。这几年里,他只去过香港一趟,还是和尹天真一齐去的。

我说好啊!

他把话扯到正题上,要我讲讲股票的行情。我家里订着报纸,把当日上海的股市行情给他报了报,他说想听听对股市整体发展的预测,我便把道听途说的一些话给他学说一遍。哪晓得他马上听出,我不是行家。我笑着道,上海的股市确实很热闹,但我从未加入过,说的话不能作数。说完我问他,你不是想在世外桃源般的地方过隐居的生活吗?怎么对股票行情感起兴趣来?

"伙计!"他在电话里大叫一声,"再在紫木幽隐居下去,我这一百万块钱,只怕也要坐吃山空哩!是天真催着我,鼓动着我,要设法使这些钱增值哪！你没感到物价在涨吗？”

既是这样，我认真地回答他，给我几天时间，让我把上海报纸刊物对股市的分析文章，搜集一些，给他寄过去参考。

他说声谢谢，电话挂断了。

搁下话筒，我才发现还有很多话没有说，很多问题没顾上问。比如尹天真究竟离婚没有？他们这样如此长期地住在一起，社会上没舆论吗？他的妻子儿女知道吗？转念一想，这些问题实际是问不出口的。有一个感觉却是强烈的，那就是即使钱这样多，他都稳不住了，他还想有所作为。

也是这个电话，使得我想起了和他相识交往的二十来年中大大小小的一些事情。经历的时候十分平凡，如今回忆起来却很激动。

于是便写了这篇小说。

**图书在版编目(CIP)数据**

叶辛中篇小说选：典藏版/叶辛著. —上海：东方出版中心，2013.10
ISBN 978-7-5473-0591-1

Ⅰ.① 叶… Ⅱ.① 叶… Ⅲ.① 中篇小说-小说集-中国-当代 Ⅳ.① Ⅰ247.5

中国版本图书馆 CIP 数据核字(2013)第 139143 号

叶辛中篇小说选(典藏版)

出版发行：东方出版中心
地　　址：上海市仙霞路 345 号
电　　话：62417400
邮政编码：200336
经　　销：全国新华书店
印　　刷：上海中华商务联合印刷有限公司
开　　本：787×1092 毫米　1/32
字　　数：464 千字
印　　张：43
版　　次：2013 年 10 月第 1 版第 1 次印刷
ISBN 978-7-5473-0591-1
定　　价：200.00 元(全套共 10 册)

东方出版中心邮购部　电话：52069798